空襲ノ歌

福島泰樹 歌集

砂子屋書房

空襲ノ歌＊目次

IV

装本・倉本　修

歌集

空襲ノ歌

I

空襲ノ歌

昭和十八年三月ボク誕生。
昭和十九年三月母死去、二十六歳。
昭和二十年三月、東京大空襲……

壱

一年前の三月おなじ病室のおなじベッドで母ゆきたまう

青くちろちろ燃える母さん上野の山の桜吹雪いていますよ

祖母に背負われ声を嗄らして泣きじゃくる無差別絨毯爆撃の夜

おそらくはむねに顔寄せ　死んでゆく母に抱かれていたのであろう

不特定多数の弟、妹たち……

母のむねに泣いているのはさにあらずいるはずのないぼくの弟
ぶよぶよの電線なれば縄跳びをしたろうものを弟いずこ

あおい炎をふきだしている弟のそばに立ってる電信柱

ジュラルミンはいやだ低空爆撃の炎の中に笑むヤンキーは

ああ風は炎となって川わたり身軽になって路地を舐めゆく

泥の川に朝日を浴びてよこたわる白い便器のような妹

そして、不特定多数の姉たち……

枕木が焦げていますわ桜木が真っ赤に燃えて吹雪いていますわ

桜木が燃えていますわまっくろにこげてわたしが揺れていますわ

鼻も耳も目のくぼみさえみな溶けて花の唇だった姉さん

桜の枝に引っかかて揺れているどうしようもないネルのズロース

ぼくを捨てて歩いてゆくな　ゴムホース火叩きそんなもので消せるか

ぼくの目はたしかにみていたはずである真っ黒焦げに崩れゆく人

巻きゴムの飛行機かぜの肩車　日の丸に吸われていったぼくの叔父さん

めくってはいけないのだよアスファルト母さんぼくの骨どこですか

弐

焼き殺された姉へのオード

ひとはみな炎に揺れる一本の蘆にしあれど震えてやまず

炸裂音あぶらが撒かれ火が走る焼夷爆弾三月十日

炎の舌に舐められるまえ熱風にあおられ飛んだ姉のズロース

その裸身が　白いローソクになった　鳴海英吉「五月に死んだ　ふさ子のために」

逆立った髪の先から燃えてゆく裸になった白いろうそく

ねっぷうに眸はやぶれきらきらと零れておちるすいしょうの液

のけぞって溶けてせつなくながれゆく花のかんばせだった姉さん

燃えていますわ柳となってわたくしがまっくろこげに揺れていますわ

握ろうとしていた指も開こうとしていた指も炙られくろく

燃えながら人は死ぬのだ握ろうとしていた指のもろくこぼれる

東京市民よ丸太のようにぶすぶすと青い炎をふきだすをやめよ

びょうびょうと吹く風あらばはこんでよブリキのマント姉おおうため

業平小学校の窓という窓　手をのばしぶら下がってる黒焦げの人

火の川の流れゆくのをながめてた兄の眸のなかの姉さん

かわぎしに立っているのはさんがつの　空襲しらずゆきし母さん

もんぺえの絣が似合う母だった眼鏡のふちをきらり光らせ

もう目をさまさないでもいいのだよ水蜜桃のような赤ちゃん

焙られて這いつくばってころげゆくもう立たなくったっていいんだよ小父さん

空襲警報サイレン鳴りているからからに藁を濡らして立っていようよ

防毒マスクのひらひらゴムに引っぱられ足を絡ませ泣いていたっけ

黒焦げの根っ子の傍《わき》に咲き出づる姉のあぶらの花ならなくに

黒焦げのむくろにあわれ火を放つお骨《こつ》となった姉拾うため

唇よ若葉となれよ生きながら焼かれて死んでいった姉さん

人はなぜ生まれて生きて死んでゆくコンドルあわれ紙のひこうき

ふっくらと白くはじけろ鳳仙花　愛国少女だった姉さん

参

やけあとの瓦礫の影のくさむらを跛のやっさん歩いてゆくよ

朝日まぶしく蹲《うずくま》ってる兄ちゃんと藁だいて震えていたぼく三歳

着の身着のまま立っているのは三月の　空襲しらずゆきし母さん

髪は燃え睫毛はちぢれ鼻は溶けあぶらのように人は零れる

目をつむってはいけないのだよふっくらとはじける白い鳳仙花、いもうと

かざむきにあぶらを撒いてアメリカは篠突く焼夷、雨ふらせゆく

薪を積み油を撒いて火を放つ遺ってひかる骨を焼くため

愛国少女だった姉さん、炭化した御飯を椀に盛ってあげよう

坊やそれを拾ってはいけない焼跡の　お芋の焦げたような爆弾

記憶しないことも歴史のうちなるか寺山修司微笑むをやめよ

II

母、叔父ノ歌

橙を茂らせていた見上げてた焼け残った戦前の家

坂本小学校への通学路に橙を茂らせた家がある

橙の家には老婆がひとり居て母の話をしてくれたっけ

凌雲閣パノラマ館やわが母の　紅いかんざしいまだ幼く

妖しくもみどりの蔦にからまるは帝国館のステンドグラス

折檻をするのをやめよ微笑むなバルテュス　青い月の夜である

やわらかな夢の皮膜よ歳月よ　お腹にかくす盲腸の傷

大正十二年九月一日

火の川が流れてゆくを六歳の目が追っていた父母にはぐれて

川水が焼けてただれて溢れゆく溶鉱炉となった町内

泥の川の中に眠ってしまいたるつめたくなった人に肩寄せ

幡随院長兵衛浅草花川戸路地吹き抜けてゆく火の川風《かわつかぜ》

橙の家の一郭と鶯谷アパートは焼け残った

焼け残った家であったが歳月は悲しい笑みをただ残すのみ

乳を提げ花を抱えて歳月はと詠みたる人もはやとおく去る

さっきまで火に炙られて走ってた機銃掃射の鈍く地を這う

焼けて曲った水道管から水だけが噴きだしていた朝日まぶしく

挙手をしてあらわれいでしは奄美沖を漂っている叔父ではないか

復員した叔父たちの戦後が始まった

思い出す姿はいつも軍帽をはすかいにして通り過ぎにき

グラビアの図案を抱えのぼりくるは忠義叔父でないか敬礼

叔父が唄う上海ブルース　満州の夢の四馬路《スマロ》や赤い灯いづこ

バラックのトタンは剝がれ禁断の　ヒロポンさむき夕べとなりぬ

車坂の下を歩いていまごろは風に吹かれているのであろう

焼跡の水道管の滴りの　俺の昭和もはや疾うに去る

ディック・ミネ淡谷のり子やファーラウェイ父親の青春なれど「モダンエイジ」は

父の享年なるをいまだに呑んだくれ横丁の花手折りもするぞ

五月、橙の家は取り壊されてしまった

橙の木のある家もとおにはや取り壊されてわが町滅ぶ

防空頭巾ノ歌

西念とその友去って黄金の　下谷山崎町に陽は射していた

「東京、感傷紀行」取材のため下谷界隈を歩く

山伏町万年町や車坂　わが幼年の地図をたどれば

朝日の当たるトタンの屋根に吹き寄せよ上野の山の桜まだ五分

幼年は花盛りゆえ橙の　黄金灯りて頭上を照らす

何処にでも都電に乗ればいけたのだ角筈、洲崎、夢の島まで

幼年は飴、空、帽子どこに居てもお化け煙突　突っ立っておる

軍帽をあみだに被り義手で弾く白衣の裾に吹く風さむき

朽ち果ててしまう朝日を浴びていた家財道具を容れたトランク

朝日に光り滴る水の黒く焦げ　水道管が突っ立っていた

昭和十九年三月に死んだ母は空襲を知らない

母が死に私が生まれ三月は上野の桜いまだ吹雪かず

生後九ヶ月のぼくを抱くあわれモノクロの　母に正午の陽は照っていた

鉄骨が風にあおられ手で招くように吹かれて炎の行く手

風船爆弾、紙の飛行機もうそんなことはやめよう　燃え続けいよ

人はみな一塊の灰にすぎざれば崩れて風に吹かれゆくべし
あわれあわれ有機体にしかすぎざれば燃え殻風に掠われてゆけ

雨に濡れ地面にへばりついている人の顔した防空頭巾

懐かしんで泣いてくれたっけ浅草小学校母と同窓山住さん逝く

母を憶えてくれている人はすでにもう兄しかいない歳月つらい

啄木が佇んだ三味線堀も暗渠となって久しい
膨大な記憶の川を流れ行く潰えて波に揉まれいる花

われとわが意識が変革されるまで胸底深く滾らせていよ

蕩けるような白いうなばらと称えしは二十歳よトリスエクストラはや

ただに寂しい陽射しの中で吹っ切ろう花に嵐の泣笑して
もの狂いさみしくあれば「いないいないバー」という店さがし歩こう

帝都いま鬱然として咲き誇る明治末年　桜花よ四月

軍国少年ノ歌

眸の奥に灼きついている映像を言葉に戻し逆立ちをせよ

石田比呂志。昭和五年、西海道豊前に生まれる

肥後秋津長酣居なる軒先に雲国斎とう先生佇てり

世を拗ねるは仮の姿よ枋錦清隆、君とかさなりし夢

モンテーニュ随想録の趣といわんパスカル『パンセ』火の闇摑む

東京漂泊終えて戻りし豊後中津　配所の月を仰ぐと謂いき

蠟梅の馥郁としてあらぬ午後を石田比呂志に甘酒献ず

諏訪優は一年年長の昭和四年生まれ
罐ビール片手にぶらりやって来い女よ坂よ薔薇のパイプよ

一九七〇年代も過ぎようとしていた夏のつくつく法師

生きながら死んでいる人多き世に真綿を首に巻いて生きゆく

風船を膨らますようにゆったりと生きてゆけよと励ましくれし
エンジェル、君の禿頭さえ桃色の情感かぜに滲ませていた

石和鷹は昭和八年生まれだった

小兵ながら大酒飲みで女好き人生の元手曝けて「野分酒場」は

愛欲の海に沈淪、自らのいのち重ねて暁烏敏《あけがらすはや》

喉の穴から最後の息を吸い込んだ八重桜吹雪く朝の窓辺に
厳粛な死顔である　好色の笑みを浮かべて飲みしは昨春

昭和十九年八月四日上野駅集団疎開列車は発てり

高橋和巳は昭和六年生まれ。君逝きて四十四年……

人はどんな時でも飯を食わなければならない死者の傍だろうと

じくじくと胃の痛むとき洗っても落ちぬ血糊の臭うときでも

高橋和巳「日本の悪霊」読みたるは椅子机通路を塞ぐ教室の中

人間と人間を結ぶ紐帯を謂いにき「悲しみの連帯」なると
「テロリストの悲しき心」なれど嗚呼！　春闌けてゆく明治末年

佐山二三夫、春に逝っ男たちを思う

滅びゆく鷹よアンデス君が吹く　悲しみの嶺を渡って吹きゆく風よ

渡辺英綱

ほどなく死んでゆく君はフォアローゼス笑顔で開けて俺に注いだ

松井辰一郎

「魂のブルース奏者」と名付けしを曼荼羅出演十日後に死す

寺山修司絶筆「墓場まで何マイル?」マイナーブルース奏で叫べば

さようならギターを背負いＢＭＷ跨り　逆巻く霧の彼方へ

III

柘榴坂ノ歌

ことばの比喩の陽溜りに居て游びしが花に嫌われ幾歳は経つ

立松和平逝きて五年

品川の駅を下りてあえぎゆくわが柘榴坂　さびしき日暮

跪き小声で誦経したりしよ君のいまわの魄にむかいて

ボクサーのように膨れた顔をして憤然として目を瞑りおる

バトルホーク風間のジムに入門を誘いしは俺　『風の戦記』よ

温かな頬を両手で白髪の交じった髪を撫ぜてやったぞ

ふくらはぎ揉んでやったぞしっかりと歩いてゆけよ冥府も夜か

世界中を歩き回って来た脚か叩いてやるぞほぐしてやるぞ

立松和平とのぼりし坂をくだりゆく四十年は逆巻く霧か

柘榴坂に日は落ちていた歌ってた押し寄せてくる悲しみのため

君と出会った冬、深夜の路上で狼藉

「リポビタンD」の旗かざし駆けて来い時間とうこの操人形

酔っ払い夜の路上の狼藉も雲ゆく風の憶い出なるよ

皮は裂け実は弾け飛び散らかって七十一歳　柘榴坂ゆく

迎春花《いんちゅわほう》、けしの花の咲きみだれる満州だ。　立松和平『今も時だ』

引揚船乾パン風の尋人わが幼年の語彙をたどれば

名を呼べば帰らぬ時の彼方から押し寄せてくる悲しみなるか

過ぐる日はサニーを駆りて濛々の霧の林を抜けてゆきにき

子を背負う妻の眸に吹雪する小樽よ明治四十一年二月

淙々と流れる水よ歳月よ　円谷幸吉駆けてゆきにき

友愛を貫くための詩歌とは八月六日　一閃の虚無

火の螺旋階段のぼりゆきしかな二十六歳母帰還せず

不特定多数の私を書いてやる真鍮の認識票に陽は堕ちていた

朝日の当たるトタンの屋根に吹雪き来よ上野の山の桜花爛漫

粛然——わが亡友録

死はやがてあまたの生をのみこんで硝子戸越しに手を振っておる

詩人諏訪優が眠る病室

苦く胃に沁みるアルコールもう要らないエンジェル君の額に手をおく

権威などみむきもせずに詩を書いたサッシに洩れる朝の光よ

厳しさの漂うめもと額の皺　凛々しく結んだ素顔か君の
孤絶するゆえに欲した酒女薔薇のパイプの愛しさなども

灯も溶けてN子の裸身なごむころ諏訪優いづこ　夜の凩

オペの前、立松和平は妻に「アイマスク、眼鏡」と言った
時代とこころの闇にむかって書いてきた光の雨よ　若き死者たち

腑に落ちぬ筆禍のあとの丼の　粛清受けとめ書くといいしを

足早に立ち去って行った者たちがマスの威を借り盗用をいう

当事者による総括ならば歴史的資料でないか坂口　弘よ

「アイマスク、眼鏡」が最後のことばだった冥土でも書くというのか友よ

渋谷道玄坂の夕べや死んだなら墓を並べて建てようと謂いき

クロニクル編集長西井一夫を偲ぶ集まりに出た

楽曲のうつくしければワルシャワの歌を唱って旗振っていた

連帯の熱い飛沫も　死者なれば写真の中で微笑んでいよ

葬式は俺に任すとう遺言の　緋牡丹お竜の歌捧げやる

人体は「時間」という名の万巻の　フィルム内蔵記憶装置よ
この「今」しか撮れない写真それゆえに過去を捨象し現在をいうな

記憶だけが情報メディアに風穴をあける原発事故を知らずに死にき

ヒロシマナガサキノ記憶ヲ蔑《ナイガシ》ロニシテシマッタタメノ人災デアル

「世界的歴史記憶回復プロジェクト」写真の果たす役割をいう

夏

嚙み砕く氷の　八重歯わかければまばゆく夏は耀い居たり

塚本邦雄逝きて十年

君死するゆえ任解かれ重装の　蒼空を漂いいたる落下傘消ゆ

八月六日、その原風景を問わんとて呉海軍工廠跡地に立てり

無花果を天与の美果と讃えしは塚本邦雄　赫い墨痕

『殉教の美学』耽読せし午後を円谷幸吉駆けてゆきにき

阿久根靖夫に

淙々とながれるみずよ同胞よ　君が遺せしもの流しやる

川筋をながれ晒されゆきにしか彼岸の紅い　華に似た花

漂いて揉まれ渦巻き沈みゆくあかい花ならその名はいわず

いつもさみしく揺れている花、意識野の辛い別れの花ならば君

音を織り意《こころ》を紡ぎ歩みゆく『幻野遊行』やつくつくぼうし

阿久根靖夫二十七歳　勁くしなやかな言葉をもちて立ち現れき

その頃よおれは駿州愛鷹《あしたか》の　墓守人の歌うたいけむ

生い茂るわが頭蓋に咲かしめよ一輪散ってまた春となる

罵詈山房主人村上一郎の春はゆくかな血染めの春は

君もまた静かに失語してゆきぬ四川省にて客死すと聞く

吉原幸子へ

掌の中に風を閉じ込めいた人の　悲鳴のように黄昏は来よ

夢なれど涙を零しおりしかなあかく流てゆきにき花は

てんでんする夢を抱いて立ち枯れる骨となるまで立ち尽くすべし

「殺さずに死んでゆきます」水無月の耳朶つややかに残るその声

若ければ篠突く雨を走りゆく　清水昶よ冥土も夏か

IV

下谷風煙録　壱

——連載「追憶の風景」（東京新聞）畢る

悲しみの序破急なれど人なれど立ち去ってゆく風景のある

二〇一〇年夏、二度本駒込の吉本さん宅をお邪魔した

『転位のための十篇』ぼくが倒れたら鉄路はひかり燃えさかる午後

いつも路地の一郭に住みへつらわず売文をもて生業となす

「冗談じゃあねえよ」と一喝されしかな「よせやい」木槿の咲く午後の庭

泰子をめぐる中也秀雄の葛藤の　火の粉のように雪は降るべし

「ユウジン　その未知なるひと」は「裕仁」の転写よおれに火の秋くるな

時代という暗い波濤に灯を送る灯台みたいな人であったよ

連れ立って小笠原賢二を見舞った帰路

前衛とは精神の謂、秩序への反旗非命の評論家はや

立川を過ぎたるころに土砂ぶりの雨となりしが肩ならべ坐す

丸ビルの白雨に煙る窓によりこの世の条理不条理を哭く

『菱川善夫歌集』に叙せり福島と二升の酒を飲みし日の歌

「辞」の断絶をめぐる論争いまだはやゲバルトの風吹き荒れぬ庭

磯田光一菱川善夫痩身のその反骨の美と思想はも

「最後につよい酒を！」と笑い椅子を蹴り蹶然として立ち去りにけり

「偉大なるわが弟よ！」痛恨や　弔辞の声の耳朶を消えざる

小笠原賢二をのせて極北の　走ってゆけよ風の自転車

振り向くと百合子夫人は泣いていた
たちあらわれまた消えてゆく思い出のキム・ノバックの眼をするまたも

武田泰淳遺骨に経をあげし夜は紫檀の椅子よ　赤坂の寿司

ものなべて五月の影はあかるきに黒い柩車に乗せられてゆく

居酒屋「らんぼう」霧は流れてアヌルーヌ女豹のような風貌である

下谷風煙録　弍

上野公園「精養軒」の窓辺より逆巻く雪を眺めおりしよ

磯田さんは俺のコンサートに、よく足を運んでくれた

美と思想生きる男の反骨をつらぬきしかな美事と思う

「非人称のエレジー」俺に賜りし批評であれば謹んで受く

闘争で大学辞任せし人の気骨を風よ吹き荒れていよ

神田神保町「慶文堂」の棚を指し本を薦めてくれし人はも

磯田光一菱川善夫浪漫の　骨を断つような瘦身だった

菱川さんと二升の酒を平らげた
丸ビルは雨に煙りてありしかど悲しみふかく目を瞑りおり

短歌は思想であらねばならぬ「前衛的実感論」や篠突く雨よ

二升の酒をあけしは小笠原賢二を見舞いたる白雨に煙る午後でありしよ

自身なき後の世界を思いやるその「幸福の可能性」はや

自身なき後の人々、妻そして故郷増毛は吹雪きてあらん

最後の酒を酌み交わしたのは、逝去される三ヶ月前だった
浅草の寿司屋で交わす美酒《うまざけ》の剣菱「火の剣《つるぎ》」の謂か

札幌の雪の火葬場荼毘を待つこんなに哭いたことなどあらぬ

極北院超善日和居士おれが贈った法號　受けよ批評家

中井英夫の話もした
市ヶ谷陸軍参謀本部終戦の日を昏々と君眠るべし

耽美的幻想小説などいう条理不条理　薔薇に注ぐ血

東京を追われ野川の骨となる美酒すこし流してやりぬ君にかわりて

黒鳥館月蝕領や霧ふかく流薔園丁なりし日の歌

『虚無への供物』開幕の地竜泉のアラビク霧の渦巻く夜か

白雨に煙る朝であったよ都下日野で果てた骸のいたましからず

東京市民のその窮屈な美意識の　此処は下谷區御府内なるぞ

秋山さんも、もう居ない
べらんめい秋山駿と渡り合うゴールデン街「マエダ」の夜か

生涯をひばりヶ丘の低層の団地に住まう「石の思想」家

クロワッサン麺麭の峰より聴こえくることばよ今朝は語るをやめよ

下谷風煙録　参

濃き霧の中に立ち現れいでたるが踵を返し消えてゆきにき

晋樹隆彦との狼藉も忘れがたい

止まり木に凭れて唄う網走の「酒暮れ《キス》」二十歳の春はゆくべし

キャンパスを吹き抜けてゆく風　新聞紙吹きさらされて敗れゆくべし

煙草のけむり肴に呷るウイスキー菱川善夫　啄木の歌

子を背負う妻の眸に吹雪する小樽よ、　敗北の抒情というは

白玉書房鎌田敬士が差し出しぬ　あさきみどりの『朝狩』の背や

晋樹隆彦と飲みし雪の夜　おれもまたやさぐれてやる緋牡丹落ちよ

船焼き捨てし
船長は
泳ぐかな

高柳重信

投げられて在る人間の投げ返す意志といわんか船長泳ぐ

船長と浴びるがごとく飲みし酒ホワイトホース直立をせよ

明日は胸に咲かせる花の酔いどれて代々木上原さよならをする

笑うなよ　流れ逆らいゆくのだよ渦に揉まれて消えゆく花か

呻くように叫びを噛み殺していたことも暗闇なれば俺しか知らず

新宿西口鉄路に並ぶマッチ箱のような酒場に陽は射していた

「東京、感傷紀行」取材で浅草を歩く

此処に澱んだ水を湛えた池があり屋台があった風が吹いてた

瓢簞池水面《みなも》に浮かぶ桃割は昭和七年わが母わかく

楊柳のあおくかすみてありしかな未生のぼくは肩のあたりに

墨田の水で産湯をつかい花川戸　お俠《きやん》な娘であったのだろう

ブラウスに熱き涙を滴らす神宮球場　雨の行軍

御徒町、ガード下を歩く

ぼくを生んだ同じベッドでゆきたまう大原病院　母二十六

母の名はみちえ淋しきひびきとも白い瀟洒な病院だった

母を殺したのはこのぼくである感染に抗う滋養　吸い尽くしたのは

母殺し母殺しとう吹く風の「乳吸の刑」という罰もしあらば

祖母に背負われ逃がれてゆきし島根県斐伊川　とおき母の悲鳴か

橙を茂らせていた家もはや取り壊されて歳月滅ぶ

跋

私を生んだ母は、大正六年五月に東京市浅草区花川戸で生まれた。関東大震災では迷子になり、五十万人もの罹災者でごった返す上野の山で父母と再会した。以後、浅草小学校から府立第一高等女学校に進み、大東亜戦争開戦の昭和十六年に父と結婚。十八年三月に、下谷区御徒町の大原病院で私を生み、十九年三月に私を生んだ同じベッドで死んでいった。大原病院は省線「上野」「御徒町」間のガード沿いの繁華な場所にあり、向かい側には日がな電車が行交っていた。母は省線が擦れ違う音を聴きながら私を生み、省線の通過してゆく音を聴きながら死んでいった。二十六歳だった。

昭和二十年三月九日、空襲警報下の下谷区入谷感応寺ではささやかな祝言がおこなわれていた。府下千住元町から継母が嫁いできたのである。この日の気象は、昼過ぎから北北西の強風が吹き始め、風は夜に入って激しさを増した。

人々が眠りについた矢先、十日午前〇時八分。B29三三四機が東京湾から東京上空に侵入。マリアナ基地を飛び立った機のうち二九六機が攻撃に参加。深川区木場を皮切りにナパーム性M油脂、エレクトロン、猛毒の黄燐などの焼夷弾を、本所、深川、牛込、下谷、日本橋、麴町、芝、浅草区など人家が密集する下町を標的として豪雨のようにばら撒いた。東京中心地は忽ちのうち猛火に包まれた。

炎の中を必死に逃げる人々を狙い、低空から無差別絨毯爆撃が繰り返された。東京は火の海となり、空襲は午前二時三十七分に終了、火災は八時に鎮火。死傷者は十三万人、焼失家屋は二十七万戸、百万人が罹災者となった。朝日に照らされた東京は、実にその四割が焦土と化していた。

母は、数時間後に嫁入道具のすべてを焼失。肋骨剔出で召集をまぬがれた父は、祖師像を抱き、母は赤飯の残ったお櫃《ひつ》を抱え、祖母は二歳の誕生日を間近にした私を背負って炎の中を逃げ惑った。家族が行き着いた先は、千住元町の母の実家であった。祖母に背負われた私はほどなく、小学生の兄と高等女学校生の叔母が疎開している出雲へと旅立ってゆくのである。

みどりの田圃が、潤みをおびて一面に広がっていた。祖母の背中の温もりの中で私はそれを眺めている。この世に生を受けた私の、最初の記憶である。東京大空襲の中、私を背負い炎の中を必死に逃げた祖母は、出雲に疎開した。出雲には、父の弟（東京大空襲の三月十日払暁奄美沖で戦死）が住職をする法恩寺があった。

青田の記憶は、途中で途切れる。突如、水浸しの草が目に飛び込んでくる。高熱の私を医者に診せた帰路、左目の視力を喪っている祖母は誤って川に転落したのであった。祖母は、一歳で母を亡くした私を（乳をもらい、咀嚼したものを口移しにして）育ててくれた。

二歳になったばかりの記憶を人は訝しがるが、おそらく庇護者（母）を喪って生きるという危機意識が、そうさせたのかもしれない。祖母の背中から眺めた真っ青な田園風景は、七十年の歳月を経ていまなお鮮明である。

しかし、そのわずか二ヶ月前の空襲の記憶は、私にはない。


さて、本歌集は、二〇一三年十一月に上梓された『焼跡ノ歌』の兄弟篇である。前歌集跋で私はこう綴っている。

「東北の被災地に立った私の前に、三歳の風景（焼跡）が広がっていた。」「被災地の風景は焼跡の風景と重なり合い」「東京大空襲を呼び覚まさせてくれた」。「この夜私は祖母に背負われ炎の中を逃げ惑っている。ならば私も戦災の罹災者であり、空襲体験者であり、運よく死んでいなかっただけのことではないか」。

そう、私の幼い体は、空襲を体験していたのである。

祖母が焼け死んでいたら、私も黒焦げとなって道端に曝され、風に吹かれていたことだろう。そして、黒焦げになった私のまわりで死んでいる不特定多数の姉や兄、弟や妹、不特定多数の人々……。

一人称詩型短歌でどこまでそれを書くことができるのか。いや、短歌だからこそ描きえる真実があるはずだ。記憶にない体験（空襲）に遡って、何度も死んでいたはずの、私の生を短歌をもって検証してみよう。

磯田光一氏は、処女歌集『バリケード・一九六六年二月』以来の私の作品を「自己剝離の悲歌」（一九七九年五月『遥かなる朋へ』栞）と評し、「非人称のエレジー」（一九八四年四月二日「日本読書新聞」）と呼んでくれた。

「去りゆかんもの」がだれであってもいいという任意性は、『バリケード・一九六六年二月』が「樽見」という人名の固有名詞であることとの鋭い対照をなしている。任意性とは、「私」性をこえた普遍性といっても同じである。（「自己剝離の悲歌」）

福島泰樹の「私」は、一人称を消したとき、風のように作品にただよいはじめたように思われる。（「非人称のエレジー」）

三十年以上も前に、このように書いてくれた人がいたのか、といま改めて思う。磯田光一（五十六歳）逝きて、二十八年目の秋ではある。

＊

毎週土曜「東京／中日新聞」誌上に、二年間（一〇四回）にわたって書き記してきた「追憶の風景」（挿画佐中由紀枝）の連載が終了したのは昨年一月。テーマは死別した人々への追憶である。二年間、百四人もの死者を呼び出し、彼らが生者として在ったその時間を共に生きてきたのであった。死者は、死んではいない、というのが「追憶の風景」を書き終えた私のつよい実感である。

本歌集に、諏訪優、石和鷹、高橋和巳、塚本邦雄、阿久根靖夫、村上一郎、吉原幸子、吉本隆明、小笠原賢二、菱川善夫、武田百合子、磯田光一、中井英夫、秋山駿、高柳重信などの人々が登場するのはそのためである。わけても立松和平、西井一夫の不在は辛い。

繰り返し言う。死者をないがしろにし、記憶を風化させてしまったことが、福島第一原発事故という史上最悪の事態を招いてしまったのである。「追憶」はさらに大きなテーマとして、私のうちで膨らみをみせてゆくことであろう。

「空襲ノ歌」を発表した二〇一三年、私が宰誌する「月光」誌上に「下谷《したや》風煙録」の連載を開始した。毎号三十首を目指し、本年春、十一回を迎えた。

「下谷」は、江戸・東京の上野台と山下周辺の地名の冠称で、東京市十五区では「下谷区」に編成された由来をもつ。慶応四年生れの祖父も、明治十六年生れの祖母も、明治四十一年生れの父も、大正六年生れの母も、大正四年生れの継母も、昭和十二年二歳で死んだ姉も、二人の叔父も皆、この地に眠っている。「風煙」とは、自らを焼く荼毘の煙の謂である。

『焼跡ノ歌』から二年、評論集『中原中也の鎌倉』（冬花社）『歌人の死』（東洋出版）、早大学費学館闘争五十年に先立ちオーディオブック『遥かなる朋へ』（人間社）の刊行をみた。「大法輪」連載の「日蓮紀行」も五年六十二回を数え、「シリーズ日蓮」第五巻『現代世界と日蓮』（春秋社）では、死者・回向・葬式をテーマに「悲しみの日蓮」七十枚を執筆、改めて「死者との連帯」「死者との共闘」を鮮明にした。

毎月十日、吉祥寺「曼荼羅」での「月例短歌絶叫コンサート」も三十年を迎え、六月には、永畑雅人ら七人のミュージシャンの出演の下「三〇周年記念コンサート／遥かなる朋へ」の修了を得た。ＮＨＫテレビのナレーションなどに追われた慌ただしい二年余りであった。ステージ活動の新たなるステップとしたい。

第二十八歌集『空襲ノ歌』を閉じるにあたり、砂子屋書房社主田村雅之氏に御礼申し上げる。氏との付き合いも第四歌集『転調哀傷歌』、村上一郎に献じた『風に献ず』以来四十年に相成らんとしている。装丁は本歌集の兄弟篇『焼跡ノ歌』に引続き倉本修氏のお手を煩わせた。記して御礼申し上げます。
敗戦後、七十年の秋ではある。

二〇一五年十月二十五日　下谷無聊庵にて

福島泰樹

初出一覧

I

空襲ノ歌　壱　「短歌研究」二〇一三・四
　　　　　弐　「短歌」二〇一三・九
　　　　　参　「短歌」二〇一三・一

II

母、叔父ノ歌　「月光」37　二〇一四・九
防空頭巾ノ歌　「月光」39　二〇一五・一
軍国少年ノ歌　「月光」40　二〇一五・三

III

柘榴坂ノ歌　「短歌」二〇一五・一
粛然——わが亡友録　「歌壇」二〇一四・七
夏　「歌壇」二〇一五・七

IV

下谷風煙録　壱　「短歌研究」二〇一四・七
下谷風煙録　弐　「月光」36　二〇一四・八
下谷風煙録　参　「短歌往来」二〇一五・二

福島泰樹短歌作品目録

歌集

『バリケード・一九六六年二月』	一九六九年十月	新星書房
『エチカ・一九六九年以降』	一九七二年十月	構造社
『晩秋挽歌』	一九七四年十一月	茱萸叢書　草風社
『転調哀傷歌』	一九七六年四月	国文社
『風に献ず』	一九七六年七月	国文社
『退嬰的恋歌に寄せて』	一九七八年三月	沖積舎
『夕暮』	一九八一年九月	砂子屋書房
『中也断唱』	一九八三年十二月	思潮社
『望郷』	一九八四年六月	思潮社
『月光』	一九八四年十一月	雁書館
『妖精伝』	一九八六年七月	砂子屋書房
『続　中也断唱［坊や］』	一九八六年十月	思潮社
『柘榴盃の歌』	一九八八年十一月	思潮社
『蒼天　美空ひばり』	一九八九年十月	デンバー・プランニング
『無頼の墓』	一九八九年十一月	筑摩書房
『さらばわが友』	一九九〇年十二月	思潮社
『愛しき山河よ』	一九九四年三月	山と渓谷社
『黒時雨の歌』	一九九五年二月	洋々社
『賢治幻想』	一九九六年十一月	洋々社
『茫漠山日誌』	一九九九年六月	洋々社

『朔太郎、感傷』　二〇〇〇年六月　河出書房新社
『デカダン村山槐多』　二〇〇二年十一月　鳥影社
『月光忘語録』　二〇〇四年十二月　砂子屋書房
『青天』　二〇〇五年十一月　思潮社
『無聊庵日誌』　二〇〇八年十一月　角川書店
『血と雨の歌』　二〇一一年十二月　思潮社
『焼跡ノ歌』　二〇一三年十一月　砂子屋書房
『空襲ノ歌』　二〇一五年十二月　砂子屋書房

全歌集

『遥かなる朋へ』　一九七九年五月　沖積社
『福島泰樹全歌集』　一九九九年六月　河出書房新社

選歌集

現代歌人文庫『福島泰樹歌集』　一九八〇年六月　国文社
現代歌人文庫『続　福島泰樹歌集』　二〇〇〇年十月　国文社

定本・完本歌集

『定本　バリケード・一九六六年二月』　一九七八年十一月　草風社
『完本　中也断唱』　二〇一〇年二月　思潮社

アンソロジー

『絶叫、福島泰樹總集篇』　一九九一年二月　阿部出版

空襲ノ歌

二〇一五年一二月二〇日初版発行

著　者――福島泰樹
発行者――田村雅之
発行所――砂子屋書房
東京都千代田区内神田三―四―七　〒一〇一―〇〇四七
電話　〇三―三二五六―四七〇八　振替　〇〇一三〇―二―九七六三一
URL http://www.sunagoya.com
組　版――はあどわあく
印　刷――長野印刷商工株式会社
製　本――渋谷文泉閣